U0064157

漫畫左傳 上

谷清平 編
貓先生 繪

新雅文化事業有限公司
www.sunya.com.hk

湯小團和他的朋友們

湯小團

愛看書，特別喜歡閱讀歷史。平時調皮搗蛋，滿肚子故事，總是滔滔不絕。熱情善良，愛幫助人。

唐菲菲

書巷小學大隊長，完美女生，還有點兒潔癖。有些膽小，卻聰明心細。

孟虎

又胖又高，自稱上少林寺學過藝，外號「大錘」。喜歡唐菲菲，講義氣，卻總是鬧笑話。

書店老闆

「有間書店」的老闆，也是書世界的守護者。會做甜點，受孩子們歡迎，養了一隻小黑貓。

王老師

湯小團的班主任。外表看起來很嚴肅，內心很關心同學們。

前言

《左傳》，全稱《春秋左氏傳》，原名《左氏春秋》。相傳為春秋時期的魯國官史左丘明所著。它記錄了東周時期二百多年間的各國歷史，講述上至天子、諸侯，下至商賈、義士等形形色色的人物故事，蘊含着做人、做事的智慧哲理。亦有許多成語流傳後世，如「唇亡齒寒」、「一鼓作氣」等等。《左傳》是儒家重要經典之一，也是中國歷代學子研習歷史的必讀書。

本書上、下兩冊共20個章節，精選了《左傳》中耳熟能詳的歷史故事。以漫畫形式重新演繹歷史，重現重要的歷史人物及事件。幫助孩子讀懂《左傳》，了解歷史，學習古人的品德情操。

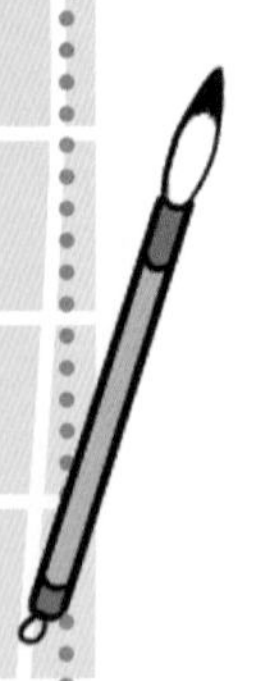

目錄

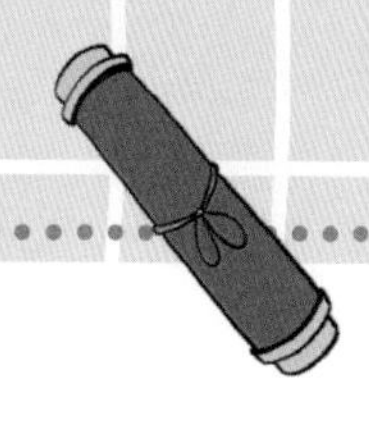

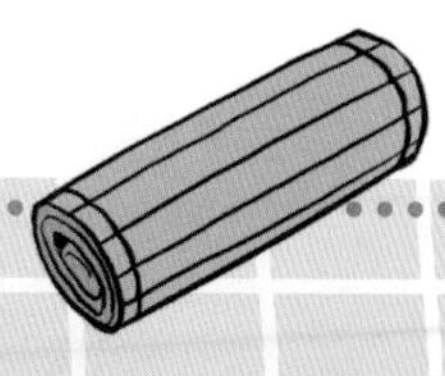

第一章　鄭伯克段

故事摘要

鄭莊公遭母親不公對待，最後在潁* 考叔的感召下，與母親重歸於好。

原文節選

莊公寤* 生，驚姜氏，故名曰寤生，遂惡之。愛共叔段，欲立之。

節選釋義

武姜非常不喜歡兒子鄭莊公，因為鄭莊公出生時腳先出來，嚇壞了她。武姜溺愛另一個兒子共叔段，她想要立共叔段為太子。

* 潁：yǐng，粵音泳。
寤：wù，粵音誤。

春秋時期鄭國的國君鄭武公娶了申國的公主武姜。
夫人，用力啊，孩子快出來了！
呼呼……怎麼腳先出來了？
武姜生鄭莊公的時候，差點難產而死，所以她很不喜歡鄭莊公。
鄭武公

夫人，您抱一下自己的孩子吧。
不抱！小東西害得我疼死了！

共叔段是武姜的第二個孩子，出生時很順利。
這才是我的乖寶寶。
武姜

武姜無比寵愛共叔段，多次請求鄭武公，要讓共叔段繼承封地。
大兒子又懶又貪吃，七歲了還尿牀，不能把鄭國留給他！
不行！長子繼承，這是規矩！

* 京城：指鄭國某邑，今河南滎（xíng，粵音型）陽縣。

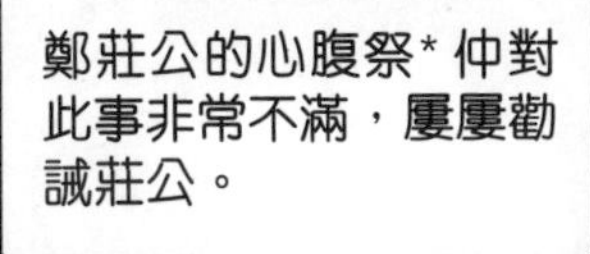

* 大：通「太」，讀 tài，粵音軚。
祭：作姓氏時讀 zhài，粵音債。

共叔段擁有了京城後，依舊不滿足，又一口氣吞併了周邊的縣邑，向老百姓徵收沉重的賦稅。
從今往後，你們不准再交稅給我哥哥了！我才是你們的老大！
是……
此事傳到了國都，士大夫們都義憤填膺，為鄭莊公打抱不平。
祭仲早就勸您防備京城大叔，您卻什麼也不做！
現在他的勢力越來越大了！
公子呂

要是您繼續坐視不管，我就自己出兵討伐他們！
此事不急，先放一放。
不用擔心，惡人自有天收。

鄭莊公對共叔段不聞不問，共叔段的野心更膨脹了。
他以為鄭莊公對他的防備放鬆了，於是招兵買馬，準備攻佔國都。
嘿嘿，我打你個措手不及！

留在國都的武姜，準備與共叔段裏應外合，助共叔段除掉鄭莊公。
我們這樣這樣……
他們居然有如此惡毒的計謀！
哼，他們還真以為我昏庸無能！
砰！
你馬上帶二百輛車馬討伐京城！
其他人，隨我迎戰！
是！
武姜對此一無所知。
當她準備打開城門迎接共叔段的時候，就被士兵緝拿了。
大膽！竟敢抓我？
你勾結敵人，跟我們走一趟吧！

共叔段只好逃回京城，不料京城早就被公子呂拿下了。

城京

京城老百姓怨恨共叔段已久，紛紛投奔了公子呂。

共叔段逃到了鄭國邊境。

鄭莊公很快就後悔了，埋怨自己不該對母親如此殘酷。

再怎麼說，她也是母親呀……

可我已經發了毒誓，這可怎麼辦呢？

母親，是我錯了！

都怪母親太偏心，害苦了你們兄弟倆！

母子二人終於團聚。

鄭莊公與武姜重歸於好。人民被莊公的孝心所感動，更加愛戴他。

在他統治期間，鄭國風調雨順，國泰民安。

湯小團劇場

小知識

黃泉，地下的泉水，借指人死後埋葬的地方，也指陰間。鄭莊公對母親發下毒誓：「不及黃泉，無相見也。」意思是說：「除非（死後）到了黃泉，不然絕不與你相見。」

第二章　齊襄公多行不義

故事摘要

齊國國君齊襄公多行不義之事，引得人民怨聲載道，最終害死了自己，也讓國家陷入長期的動盪之中。

原文節選

齊侯使連稱、管至父戍葵丘。瓜時而往，曰：「及瓜而代。」期戍，公問不至。請代，弗許。故謀作亂。

節選釋義

齊襄公派連稱和管至父守衛葵丘。齊襄公對他們說：「等下一次瓜熟的時候，我就派人來接替你們。」可是，到了瓜熟時節，齊襄公並沒有叫人來接替他們。於是二人只好請求齊襄公換人，齊襄公卻不允許。二人很生氣，便謀劃着叛亂。

齊襄公派遣連稱、管至父守衛葵丘。
齊襄公
我們什麼時候能回來？
管至父
連稱
等下一次瓜熟的時候，我就讓人去接替你們。
是！
是讓你們去駐守的，不是讓你們來吃瓜的！
兩人守衛了一年，齊襄公還沒有派人來接替他們。
瓜已經熟了，齊襄公為什麼還不派人來？

快讓齊襄公接我們回去！
是！

齊

這是齊襄公的書信。
?

你們永遠別回來了，留在那裏吃瓜吧。

太過分了！
竟敢這樣戲弄我們？!
讓那個不知天高地厚的傢伙看看我們的厲害！
好！

連稱、管至父決定利用公孫無知起兵叛亂。
咱們這就去殺了他！
冷靜啊，要想一個萬全之策。
公孫無知
公孫無知是齊襄公的堂兄弟，向來看齊襄公不順眼。
你的意思是？
嘿嘿，你聽我說……
公孫無知也早已對齊襄公非常不滿，造反的計劃正合他意。
現在終於輪到我揚眉吐氣了！
連稱有個堂妹在齊襄公的後宮，長期不受寵愛，公孫無知準備利用她。
事成之後，我立你為夫人。
連稱堂妹
好呀。

* 姑棼：地名，位於現在山東省博興縣南。棼 fén，粵音焚。

彭生是誰？
齊襄公為何
如此怕他？

彭生救了齊
公，齊公卻
害死了他。
齊公是怕彭生
死了也不肯放
過他？
誰知道呢！

你們趕緊去
找我的鞋！
是！

廢物！連一隻
鞋都找不到！
給我打！
鞋子是真的找
不到了啊！

連稱堂妹
饒命啊！
齊公真是太
殘暴了！

齊公放鬆了戒
備，你們今晚
就行動吧！
好！

漫畫左傳 上

疼死我了……

別動！
放過我吧！齊公剛剛打了我！

哦？看來你也討厭齊公。
我這就去探探情況。
交給你啦！

雖然齊公很殘暴，但我不能背叛他。
你又進來幹什麼？還想挨打？

國君，外面有人要殺您！
小人剛剛騙取了他們的信任，趕來通風報信。
什麼？

我對他這麼壞，他卻捨命救我。

情況怎麼樣了？
我怎麼會聽從你們呢？

不好！

哼，他躲在哪裏了呢？

找到了！他在牀底下！
！

唉，這是野豬的詛咒嗎？
不是詛咒，這是你濫施暴政的後果！

齊襄公被殺後，公孫無知奪取了政權。

既然齊公的親弟弟還小，那王位就由我來繼承啦！

可是公子們都已經是大人了。

他們在我眼裏永遠都是孩子。

你哥哥以前欺負我，現在我要報復在你們身上！
把東西都給我搬走！
公子小白
這可不妙呀，公孫無知遲早會對公子們下毒手的。
鮑叔牙
我早就猜到會有這麼一天，齊公終究還是被自己的暴政害死了。
快收拾東西，晚了可就來不及了！
公子糾
這麼大的人了，玩具就不要帶了！
管仲
鮑叔牙帶着公子小白去了莒*國，管仲、召忽則帶着公子糾去了魯國。
公子們開始了顛沛流離的逃亡生涯。
公子們逃跑後，公孫無知更加為非作歹，齊國陷入了長期動盪不安的局面。
齊

*莒：jǔ，粵音舉。

湯小團劇場

小知識

「公孫」一般指公孫姓，是漢族複姓之一。但這篇文章中提到的公孫無知可不是姓公孫哦。在春秋時期，國君的兒子們被稱為公子，將要繼承王位的被稱為太子，而公子的兒子則被稱為公孫。所以，公孫無知其實是齊襄公、公子糾和公子小白三個人的堂兄弟。

第三章　齊桓公捷足先登

故事摘要

公子小白與公子糾爭奪君位。

原文節選

夏，公伐齊，納子糾。桓公自莒先入。

節選釋義

夏季，魯莊公帶兵征討齊國，想要立公子糾為君主。但公子小白搶先一步，從莒國回到了齊國，並做了齊國的君主。

公孫無知的所作所為比齊襄公更加殘暴，
士大夫們對他相當不滿。

公孫無知太
殘暴了。
他今天又
殺了幾十
個人。
誰不聽他的
話，他就要
殺誰。

無恥啊！
太無恥了！
雍
廩*

誰在說我
壞話？
他！

來人，給我打一百
大板！貶為庶民！
不要啊！
公
孫
無
知

誰再說我壞話，
就和雍廩一個
下場！

* 廩：lǐn，粵音凜。

可惡……我要報仇！

我咽不下這口氣……

不好啦！！
於是，雍廩扮成刺客，把公孫無知給殺了。

國君死了，快追刺客！
快跑！

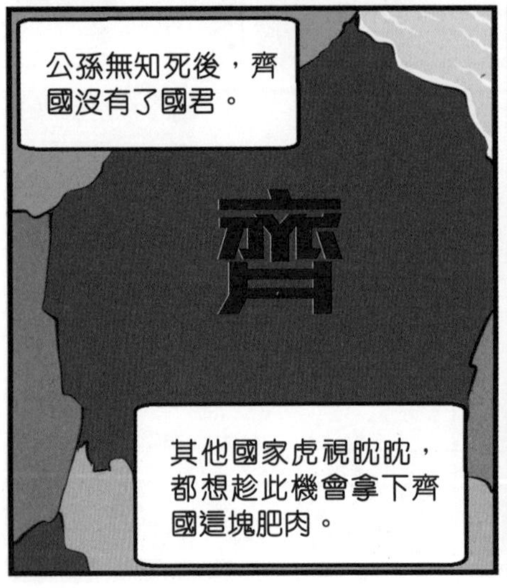
公孫無知死後，齊國沒有了國君。
齊
其他國家虎視眈眈，都想趁此機會拿下齊國這塊肥肉。

現在齊國無國君，您手上又有公子糾，何不利用他一下？
好啊，我也是這麼想的！
魯莊公

齊襄公的弟弟，公子糾和公子小白，當年為免受迫害，分別逃到了魯國和莒國。
魯國
離開齊國好多年了，真想回去看看啊……
快收拾東西，公孫無知死了，咱們可以回國了！
公子糾
管仲

我拿點東西。
玩具就不要帶了……

莒國
咱們必須要搶先一步，拿下王位！
事不宜遲，趕緊出發！
鮑叔牙
公子小白

公子糾沒能成為國君，於是去找魯王幫忙。

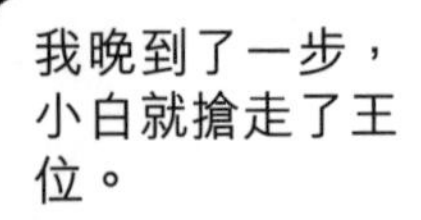

魯國：我們要為公子糾討回公道！
豈有此理！

好不容易安穩了下來，魯國又來生事。
那就打！我不怕他們！

這是我們國家的私事，魯國管得着嗎？

兩軍大戰，魯國軍隊打了敗仗，連魯莊公都差點被俘虜。

魯莊公
咳咳，疼死我了，不打了。
這……

你們找人代替我吧，我先撤了。
國君！

中計了！
這人不是
魯莊公！
算了算了，
先放他們一
馬吧。

斬草要除根，
我們必須把公
子糾除掉。
鮑叔牙

我若是殺了
兄弟，天下
人都會唾罵
我的。
我有一計，可
借魯莊公之手
除掉公子糾。

魯
魯莊公收到公子小白
的書信，要他殺了公
子糾，並將管仲和召
忽送回齊國，來換回
魯國的戰俘。
好啊，被他狠狠
擺了一道。

沒辦法，只能用你的死換回我的大臣了。
嗚嗚！

公子糾被殺，召忽自殺身亡，只有管仲獨自回到了齊國。
齊

看在我輔佐先君的份上，能不能饒我一命？
管仲
管仲這傢伙，真是貪生怕死！

屬下請求您饒他一命。
為什麼？

管仲是難得一見的人才，
如果他做齊國的國相，您
定能高枕無憂。
對啊，我很
能幹的。

我相信先生，那
就放了管仲吧。

感謝國君不
殺之恩！

在管仲的輔佐下，公子小白將齊國治
理得井井有條，國家強盛富裕，人民
安居樂業。
還不睡啊？
我不能辜負齊公
的信任。

而公子小白——也就是後
來的齊桓公，贏得了諸侯
的支持。
他成為了春秋時期
第一位霸主。

湯小團劇場

小知識

你知道嗎？「管鮑之交」這個成語就是用來描繪管仲與鮑叔牙之間的友情的。後來用於形容朋友之間親密無間、彼此信任的關係。

第四章　曹劌論戰

故事摘要

齊魯長勺之戰——中國戰爭史上以少勝多的著名戰役。

原文節選

既克，公問其故。對曰：「夫戰，勇氣也。一鼓作氣，再而衰，三而竭。彼竭我盈，故克之。」

節選釋義

魯國軍隊勝利後，魯莊公問曹劌勝利的原因。曹劌回答：「作戰，憑藉的是勇氣。第一次擊鼓，是為了激發將士們的勇氣；第二次擊鼓，將士們的勇氣就衰退了；第三次擊鼓，將士們的勇氣就會消耗殆盡了。齊軍勇氣衰竭，而我方士兵仍充滿勇氣，所以能夠戰勝他們。」

* 毗鄰：（地方）連接。毗 pí，粵音皮。

齊國的兵力遠勝於魯國，魯國上下人心惶惶。
魯莊公
怎麼辦……

聽說齊國要打進來了？
是啊，真害怕……

這時，曹劌出現了。
曹劌
他決定為魯莊公出謀劃策，這讓他的同鄉很不理解。

你懂什麼呢？戰爭的事情就交給士大夫吧！

那些人見識短淺，未必有謀略。

曹劌請見魯莊公，魯莊公熱情地接待了他。

先生若有計策，不妨說來聽聽。
在說之前，我有幾個問題想問問您。

但說無妨。
您靠什麼和齊國作戰呢？

我慷慨大方，從不獨享衣服食物，總是拿去分給其他人。
並不是每個人都能享受到這些恩惠，百姓不會聽從您的。

我誠實守信，從不獨吞祭祀用的牲畜玉帛，總是如數奉獻給神靈。
這些祭祀不能取得神靈的信任，神靈是不會賜福於您的。

國家大大小小的訴訟案件，我親力親為，訴訟案件合理裁決，讓百姓滿意。

您忠於百姓，他們支持您、愛戴您，您可以打贏這一仗！

先生這樣說，我就放心了。
如果作戰……

請允許我同您一起前往！

魯國和齊國在長勺交戰。
先生看上去胸有成竹啊。
噓，讓我仔細觀察。

齊軍擊鼓了！

衝啊！
不，再等等！

先生這是？
聽我號令！

齊軍又擊鼓了！
齊

這……
再等會兒！

齊軍第三次擊鼓！

就是現在！

衝啊！

齊
齊軍大敗，魯軍想要乘勝追擊。
快跑啊！
追啊！
別追了！

難道不把他們一網打盡嗎？
萬一前面有埋伏，我們就慘了。

看樣子沒問題。

大家上吧！
衝啊！

果不其然，魯軍一路暢通無阻，步步相逼，將齊軍的殘餘勢力一網打盡。
我們總算報仇了！

好好好！本王要大擺慶功宴！

先生，我敬你一杯！

這次大勝，先生是如何做到的？

第一次擊鼓，是為了激發將士們的勇氣。
第二次擊鼓，將士們的勇氣就衰減了。
第三次擊鼓，將士們的勇氣就會消耗殆盡了。

妙啊！
齊國士兵勇氣已經衰竭，但我方士兵依然充滿勇氣，所以能夠戰勝他們。

您一開始不讓我們追擊，後來又讓我們追擊，這是為什麼呢？

齊軍可能會設下埋伏，所以不能立刻追擊。
等到他們車轍*混亂、旗子東倒西歪，確定沒有埋伏後，我這才下令追擊。
實在是高！

曹劌憑藉勇氣和智慧，幫助魯國戰勝了兵力遠超於自己的齊國。
魯
他避免了魯國被齊國吞併的危險，維護了魯國的尊嚴。

* 轍：zhé，粵音設。

湯小團劇場

小知識

「一鼓作氣」這個成語源於：古代作戰擊鼓進軍，擂第一通鼓時士氣最盛。後來多用於比喻人們在鋭氣旺盛之時一舉成事或鼓足幹勁，一往直前。

第五章　宮之奇諫假道

故事摘要

虞* 國貪圖小利，引狼入室，最終導致了亡國的悲劇。

原文節選

晉侯複假道於虞以伐虢*。宮之奇諫曰:「虢，虞之表也。虢亡，虞必從之……諺所謂『輔車相依，唇亡齒寒』者，其虞、虢之謂也。」

節選釋義

晉獻公又向虞國借路通行，以攻打虢國。虞國大夫宮之奇勸説道：「虢國，是虞國的周邊屏障。虢國滅亡，虞國必定跟着毀滅……常言説：『輔車相依，唇亡齒寒』，説的正是虞國和虢國的關係啊。」

* 虞：yú，粵音魚。
  虢：guó，粵音隙。

晉國國君晉獻公要攻打虢國，於是又向虞國借道。

我們要打虢國了，你們能否再讓個路啊？
好說，好說。

一路走好。

虢國緊挨着虞國，如果虢國滅亡了，我們也會跟着遭殃。
周
晉
虞
宮之奇
虞國國君
晉國和我們是一個祖宗，怎麼會害我們呢！
你們都是周王室的後代，是好兄弟呀！

* 周太王：周文王的祖父，周武王的父親。

你多慮了。我每年都給神靈獻上祭品，神靈一定會保佑我的。
這……

獻上再多祭品，神靈也不會幫助您的。

如果晉國也給神靈獻上祭品，難道神靈不會幫助他們嗎？
告訴晉國，我們馬上就借道。
遵命！

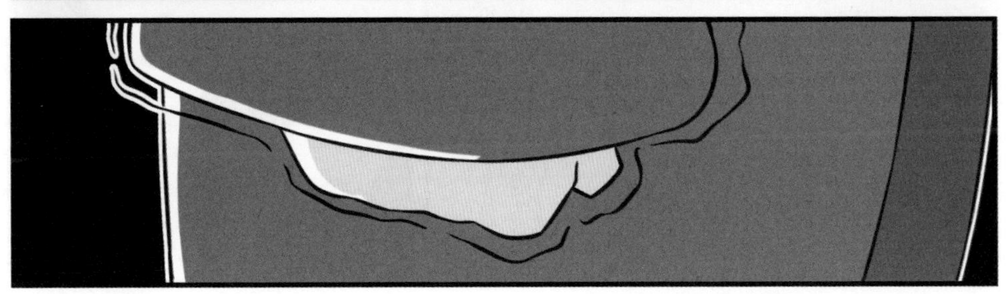

宮之奇見國君不聽勸，只好帶着自己的族人離開虞國了。

唉……
家主？

虞國很快就要滅亡了……

十二月，冬，晉國滅掉了虢國。
晉
晉獻公
很順利嘛，多虧虞國給我們開了路。
我們準備回國了，還要再經過你們國家，沒問題吧？
沒問題，沒問題！

晉軍到了虞國境內，就不願再前行了。
趕緊上酒！

天氣太冷了，軍隊走不動了，要在你這裏休息幾天。
知道了……

有好吃的好喝的都給我送上來啊！

好……

吃飽喝足、養精蓄銳的晉軍，
並沒有馬上返回晉國，而是徹
底攻佔了虞國都城。

我對你們這麼
好，為什麼要
如此對我……
我連虢國都敢打，難
道還會饒了你不成？

晉獻公俘虜了虞國國君，
並捉了虞國的官吏給自己
的女兒陪嫁。
快笑一個！大
喜的日子，你
們哭什麼？

虞國被滅，晉獻公把虞國的
賦稅都上交給了周天子。

大王，這是從小虞
那裏繳來的寶貝。
周天子
小晉真乖，就把
虞地賞給你吧！

謝大王！
唉，都怪我當初
不聽宮之奇的勸
諫啊……

湯小團劇場

小知識

本章《宮之奇諫假道》的故事是成語「脣亡齒寒」的典故。嘴脣沒了，牙齒就會感到寒冷。比喻關係親密，利害相關。

第六章　驪姬亂晉

故事摘要

晉獻公荒淫好色，聽信讒言，錯害忠良，將國家陷於動亂之中。

原文節選

十二月戊*申，縊於新城。姬遂譖*二公子曰：「皆知之。」重*耳奔蒲，夷吾奔屈。

節選釋義

十二月，申生在新城上吊自殺。驪姬又誣陷其他兩位公子重耳和夷吾，她說：「他們和申生是一夥的。」晉獻公要捉拿他們，於是重耳逃亡到蒲城，夷吾逃亡到屈城。

* 戊：wù，粵音務。
譖：zèn，粵音浸。
重：chóng，粵音蟲。

晉國國君晉獻公想立驪姬為夫人，士大夫們紛紛阻攔。

我反對！
驪姬是您手下敗將的女兒，怎可立為夫人？
晉獻公
大家不要急，我這就去占卜一下，看看上天的旨意。

龜甲占卜，不吉利。
他可以死心了吧？

蓍* 草占卜，吉利。
就按蓍草占卜的結果吧！

國君，蓍草占卜不如龜甲靈驗。
我不聽，我不聽！

* 蓍：shī，粵音司。

晉獻公將驪姬立為夫人後，驪姬生了個孩子，叫奚齊。
我要立這個孩子為太子。
不行啊，申生怎麼辦呢？
我喜歡誰，就把誰的兒子立為太子。
申生，是晉獻公的大兒子。

太不應該了。

得想個辦法除掉申生。
驪姬

有一天，晉獻公出門狩獵，驪姬偷偷來到申生的宮中。
你父親出門了，他有話托我轉達你。
什麼？

他昨晚夢到了你的母親，要你馬上去祭拜她，記得把祭祀的酒肉帶回來。

父親怎麼會無端夢到母親？又托驪姬給我傳話？
好的，我這就去辦。

你先把酒肉交給我吧。
申生回來後將酒肉交給了驪姬。

這是公子申生祭祀後帶回來的酒肉。
他有心了。

飯前，晉獻公用酒祭祀土地。

嗞！

這酒有毒！

申生要害您啊！
這個不孝子！我要處死他！

你父親要殺你啊！
為什麼？

您帶給晉公的酒肉有毒！
我沒有下毒啊。

酒肉交給了驪姬，難不成是她……
別說啦，快逃吧！

申生連夜逃離國都，到了新城。
你的學生跑了，你就替他抵罪吧。
老臣冤枉啊！
晉獻公沒抓到申生，就要治他的老師杜原款的罪。
杜原款
您快去同國君解釋清楚吧，他一定會明辨是非的。
唉……他獨寵驪姬，聽不進任何人的話。
那您趕快逃往別國吧！
申生
我背着這樣的惡名，又有哪個國家會接納我呢？
什麼?!
看來我必死無疑了。
申生自殺了？

申生死前一直稱自己是無辜的。
別聽他的鬼話，申生一定是畏罪自殺。

兄長一定是被冤枉了！
重耳
夷吾

我看啊，不僅是申生，重耳和夷吾也參與了下毒這個事情。

來人啊，把重耳和夷吾關進大牢！
冤枉啊！

快跑吧，驪姬要殺了你們！

醒醒，該走了。
父親終於相信我們了嗎？

沒有，我們只能靠自己了。

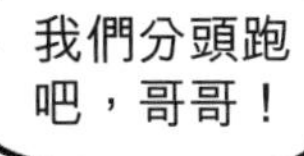
我們分頭跑吧，哥哥！

唉，不知下次相見是什麼時候了……

於是，重耳逃去了蒲城。
寺人披，你馬上領兵三千，給我抓住重耳！
是！
寺人披

公子，晉公的部隊已經打到蒲城城下了。
那是我爹，反抗就是不孝。

晉公說了，就地處死重耳！

報！沒有人！
重耳跑了！快追！

重耳擺脫寺人披的追殺後，
逃亡到了狄國。
狄
求收留
夷吾逃到了屈城，晉獻公又派遣
賈華攻打屈城。
夷吾毫無還手之力，最後只好逃往梁國。
你有種別
逃跑！
你有種別
追我！
賈華
晉獻公聽信讒言，錯殺忠良，讓國家
陷於戰亂的邊緣，給人民帶來了巨大
的災難。

湯小團劇場

小知識

古代有很多君主都同樣因為「廢長立幼」招致禍亂。本書第三章提到的齊桓公，他的晚年就是因為親信了小人，廢長立幼，導致國家大亂，自己也餓死在深宮。

第七章　晉惠公背信棄義

故事摘要

晉惠公背信棄義，導致了晉國與秦國發生戰爭。而秦穆公寬容大度，獲得了兩國人民的敬仰與愛戴。

原文節選

賂秦伯以河外列城五，東盡虢略，南及華山，內及解梁城，既而不與。晉饑，秦輸之粟；秦饑，晉閉之糴*，故秦伯伐晉。

節選釋義

秦穆公幫助了晉惠公，晉惠公答應要將黃河以外的五座城市送給秦穆公，等他回到晉國後，他就背棄了諾言。當晉國鬧饑荒時，秦國援助晉國糧食；當秦國鬧饑荒時，晉國不僅不給秦國提供糧食，還不讓秦國購買自己的糧食。秦穆公大怒，於是率兵討伐晉國。

* 糴：dí，粵音笛。

晉獻公死後，驪姬失去了靠山。
你就這麼走了，留下我和年幼的孩子可怎麼辦啊？
驪姬之子奚齊即位前，就被人除掉了。
奚齊
你們……弒君啊！
你還沒有即位，怎麼能是國君呢？
晉國羣龍無首，士大夫們決定把逃亡在外多年的公子重耳和夷吾接回國。
? ?
郤芮
夷吾
您快回去繼承王位吧！
最有權勢的大夫里克擁護重耳，並不歡迎我。
您的姐姐嫁給了秦公，您可以借秦國的力量拉攏里克。

夷吾拜訪了秦穆公，並提出了自己的要求。
若您能助我一臂之力，我願意割讓五座城池給您。
秦穆公
這個忙我幫定了！
這個夷吾看上去不是個治理國家的人才。
那不正好？對秦國不是更有利嗎？
夷吾回國後，為了拉攏里克，以重金厚地許諾他。
我有秦國相助，必定會獲得勝利。而你追隨重耳，有什麼用呢？
里克
嗯？
我給你封地，要不要跟著我？
唉……重耳公子下落不明，要不……
好吧。
夷吾順利即位，即晉惠公。
得來全不費功夫！

但他很快就背信棄義，對他的恩人們落井下石。
怎麼可能給你五座城池呢？笨蛋！
太過分了！
里克，你曾經支持過重耳，就怪不得我心狠手辣了！
你這忘恩負義的小人！

某年冬天，晉國發生了大饑荒，許多老百姓吃不上飯，晉惠公只好向秦國求助。

不僅不幫，我們還要狠狠揍他們一頓，誰讓他們違背承諾！
晉國曾經背叛了我們，不能幫！

晉國百姓有什麼錯呢？你們快給晉國送糧食去吧！

謝謝姐夫搭救！
人命關天的事，有什麼好謝的？
這小子真是善變！

第二年，秦國也發生了大饑荒，秦穆公轉而向晉國求助。
秦

秦國元氣大傷，對我們不是更有利嗎？
慶鄭
你又背信棄義！

簡直是忘恩負義！得給他一點顏色看看！

秦國恢復元氣後，馬上就發兵討伐晉國。
打敗他們！
秦國必勝！

秦軍士氣昂揚，晉軍被打得節節敗退。
敵人打進了我們的國家，這下可怎麼辦呢？

還不是因為您先激怒了他們？

你太放肆了！
慶鄭是禦敵的最好人選，您就派他去吧！
國君饒了他吧！

哼，慶鄭頂撞我，我偏不用他！
……孺子不可教也！

晉國的軍隊又退了好幾里，馬早已筋疲力盡。

對了，之前鄭國獻上了一批馬，給我換上！
本國產的馬熟悉路況，而外國的馬並不熟悉這裏的路，不能用牠們。

你偏要跟我對着幹？

晉
國君不信任我，此處沒有我的容身之地了……唉……是時候離開國君了……

救命啊！慶鄭！不要走啊！
這時，晉惠公的馬車突然陷進了泥潭。慶鄭頭也不回地走掉了。

慶鄭走了沒多遠，正好遇到晉國大夫韓簡。韓簡正和秦穆公打得激烈……
韓大人，國君掉進泥潭裏了，您快去救他吧。
啊？你怎麼不把他拉上來？
韓簡
哎喲！

先放過你！我要去救國君了。
好險，好險。

國君，還好韓簡救人去了，您沒受傷吧？
你們別管我了，快去捉晉公！
是！

我數一二三，就把您拉上來……
營救晉惠公中……

一、二……怎麼拉不動了？

你看看四周……

你們跑不掉啦！

秦軍生擒了晉惠公和他的手下，把他們押回秦國。
我不會把你們處死的。
謝謝大王！

秦軍回到都城，尚未進關，只見秦穆姬穿着喪服，拉着一雙兒女站在城牆上。
夫人，你這是要做什麼呀？

你是我丈夫，而夷吾是我的親弟弟。
如果你要殺夷吾，我就死給你看！
你快下來！我馬上就放了他！

哎喲！
要不是你姐姐求情，我一定會殺了你！

國君，晉公屢次背信棄義，您應當除掉他。

如果殺了他，夫人和晉國百姓都會怨恨我的。
那就請您把晉國的太子留下來做人質。

這樣，秦國還有和晉國談判的籌碼。
好吧。

晉國派使者來與秦國講和。
秦
秦穆公以諸侯之禮來待晉惠公，並釋放了他。

您的大恩大德，我們晉國老百姓會記一輩子的！
快快請起。

晉公，這麼多天委屈你了。
假惺惺！我們走！

晉惠公回到晉國後，馬上就下令搜捕慶鄭。
晉

你當時害得我好慘！
您心胸狹隘，不仁不義，我不願追隨您！

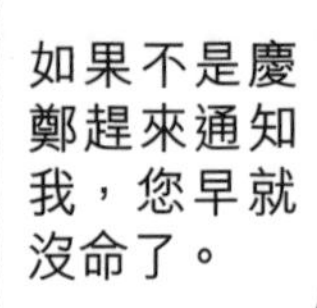
如果不是慶鄭趕來通知我，您早就沒命了。

韓簡

那又如何？

晉惠公不聽勸阻，殺了慶鄭。

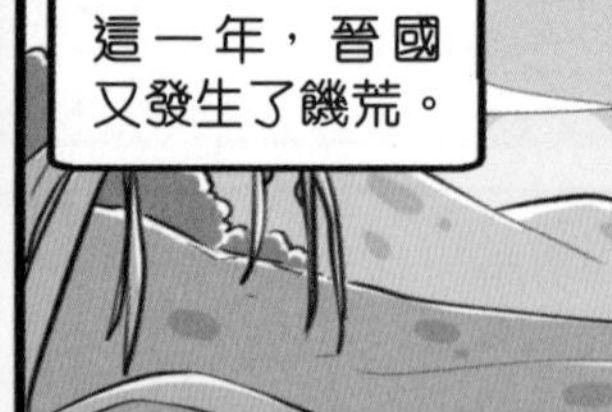
這一年，晉國又發生了饑荒。
秦國依然不計前嫌，給晉國提供了很多幫助。

國君，晉國總是背叛我們，您為何還是幫助他們？
我收買了晉國老百姓的人心，日後就有機會拿下晉國啦！

從那時候起，秦國開始徵收晉國河東地區的賦稅並加強管理。
晉國老百姓對此並無怨言，依然無比敬愛秦穆公。

湯小團劇場

小知識

春秋時，秦、晉兩國的國君好幾代都是互相婚嫁。於是就有了「秦晉之好」這個成語。後世指聯姻、婚配的關係。

第八章　重耳回國

故事摘要

重耳在回國的路上歷盡艱難、飽受冷眼。後來，秦國慷慨解囊且不計報酬，幫助重耳當上了晉國國君。

原文節選

及楚，楚子饗* 之，曰：「公子若反晉國，則何以報不穀?」對曰：「子女玉帛，則君有之……其何以報君？」曰：「雖然，何以報我？」對曰：「若以君之靈，得反晉國，晉楚治兵，遇於中原，其辟君三舍。若不獲命……以與君周旋。」

節選釋義

重耳來到了楚國，楚成王款待後問道：「公子若成為晉國君主，要用什麼來報答我呢？」重耳回答：「美酒美人，金銀珠寶，這些您都有了……我該如何報答您呢？」楚成王說：「雖說如此，但你到底要怎麼報答我呢？」重耳回答：「若得您護佑，我能夠返回晉國，一旦晉國、楚國交戰，我將向後退避九里。但如果您還不退兵……我也只好與您戰鬥了。」

* 饗：xiǎng，粵音響。

晉惠公去世後，他的兒子晉懷公繼位。
當年我忍辱負重，在秦國做了好幾年人質，才有了現在的位置呀！
晉懷公
國君辛苦了！

但一想到重耳可能會奪走我的位子，我就茶飯不思、寢食難安。

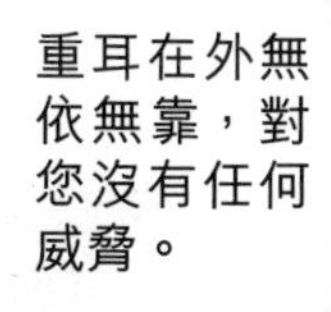
重耳在外無依無靠，對您沒有任何威脅。

是嗎？可我怎麼聽説，狐突的兒子們在偷偷幫助重耳呢？

此言不假，但是……
狐突

把他給我抓起來！

讓你的兒子們回來，我就放了你。
我一直教育我的孩子們要忠君，既然他們選擇追隨重耳公子……
我尊重他們的選擇。
還敢頂嘴？拖下去斬了！
國君濫用刑罰，他的統治會長久嗎？

漂泊在外的重耳，靠着仁慈和忠誠，積累了極好的名聲。

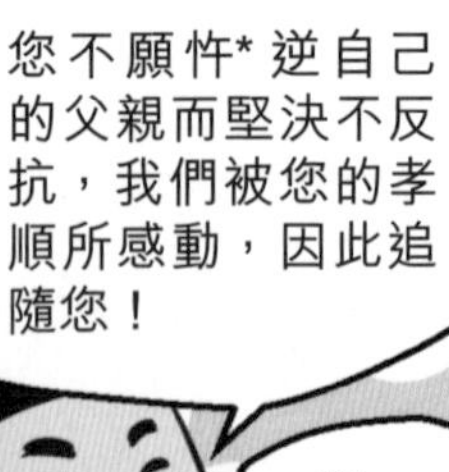

重耳帶着隨從們遊說列國，希望能遇到可靠的君主幫助自己重返晉國。

重耳帶着隨從經過五鹿，餓得饑腸轆轆，只好向當地人要飯吃。

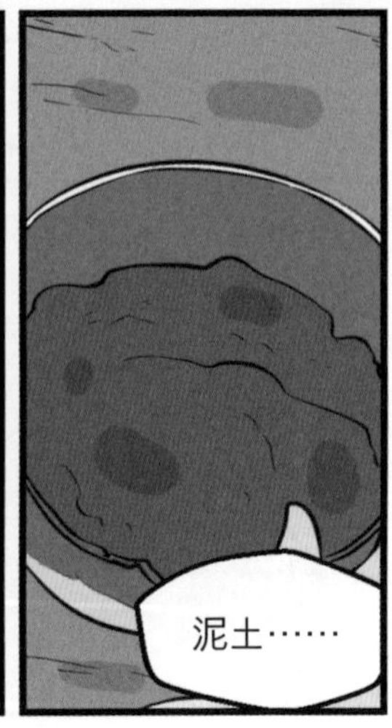

* 忤：wǔ，粵音五。

可惡！
公子，使不得啊！
子犯

難道我要忍氣吞聲嗎？
上天賜予我們一塊泥土……

這是在暗示我們必將獲得土地呢！

哦？
我們一定會交好運的。

事情果然出現了轉機。
重耳來到了齊國，齊桓公許他以高官厚祿，還把齊國公主齊姜嫁給了他。

我罩着你，以後就跟着我享福吧！
謝謝！
齊桓公

重耳在齊國過着安定享樂的生活。
公子明明有重任在身，卻被眼前的安逸迷住了心智。
是啊，咱們得好好勸勸他！

大人。
什麼事？
您還記得您最初的夢想嗎？
不記得了。

重耳的隨從見他不思進取，於是決定將他灌醉，強行帶走。
我還沒喝夠呢……
齊

重耳醒後，勃然大怒。
我的榮華富貴全沒了！
我是為了您好啊！

重耳哪去了？
齊桓公

曹國一位大夫僖* 負羈* 聽說了這件事，回家和妻子講起此事。

我們國君羞辱了您，還請您大人不記小人過，千萬別放在心上。

我接受你的道歉。但這玉璧，我就不收了。

重耳繼續前行。到了楚國，楚成王設宴款待了他。

我若幫助您回到晉國，您會怎樣報答我呢？

一旦晉楚之間發生戰爭，我會把軍隊後撤三舍地。

* 僖：xī，粵音希。
  羈：jī，粵音基。

漫畫左傳
上

這個重耳似乎有點本事，您應該殺掉他以絕後患。
殺掉他似乎有違老天的旨意，還是放了他吧。

於是，楚成王安排馬車，把重耳送到了秦國。
慢走啊！

秦穆公熱情地接待了重耳，並賞賜給他美人和無數金銀珠寶。
我罩着你……
秦穆公
這話聽起來怎麼這麼熟悉呢？

禮物就不用了，我只想回國！
小意思！

秦穆公宴請重耳，並叫人演奏了曲子。

這首曲子講的是諸侯輔佐天子成就霸業的故事。
說明秦公希望您能稱霸諸侯。

我真是受寵若驚啊！
不敢當，快起來吧！

第二年春天，秦穆公派兵護送重耳回國。
保重啊！
我一定會勝利的！

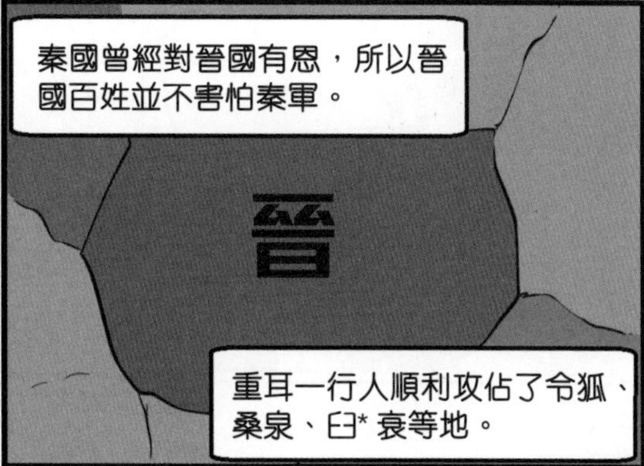
秦國曾經對晉國有恩，所以晉國百姓並不害怕秦軍。
晉
重耳一行人順利攻佔了令狐、桑泉、臼* 衰等地。

他們怎麼不害怕秦軍呢？
他們以為秦國又派軍隊來給他們送糧食了。

許多晉國大夫聽說重耳回國了，紛紛離開了晉懷公，暗中來投奔重耳。
晉

不好了，重耳殺進來了！
快派三千兵力上前線……嗯？我襪子呢？
晉懷公

重耳的軍隊勢不可擋，很快就攻佔了國都。

找到襪子了……我馬上就來。
來不及了，士大夫都投奔重耳了，咱們直接投降吧。

* 臼：jiù，粵音舅。

就是你害死了我的父親！
我要為父親報仇！
狐偃
把他交給你們處置了。

重耳即位，即晉文公。

許多士大夫害怕晉文公報復，打算先發制人殺了晉文公。
與其被重耳殺了，不如我們先把他除掉！
好啊！

好什麼呀……

晉文公先下手為強，找秦穆公幫忙進行了回擊。

我剛即位，怕給人民留下一個「濫殺無辜」的印象，所以……

我明白。

秦穆公替晉文公除掉了叛徒，又贈給晉國三千精英，讓他們好好輔佐晉文公。
這些人一定會幫您治理好國家的。
我對您的感激之情，如江水滔滔不絕啊……

在秦國的幫助下，晉文公不僅鞏固了自己的統治，而且將晉國建設成了當時最強大的國家。
苦盡甘來啊……

湯小團劇場

小知識

《史記》中有一段講述齊姜的故事。傳聞她嫁給重耳後，聽到重耳隨從打算用計「劫持」重耳離開齊國，便召狐偃定計，用酒灌醉重耳離齊，得成霸業。這個經典故事後來被改編成了京劇《醉遣重耳》。

第九章　晉文公退避三舍

故事摘要

晉文公為了報答楚成王當年曾幫助過他的恩情，在兩軍交戰時主動後撤離一定的距離， 展現出極大的寬容與智慧。

原文節選

晉師退，軍吏曰：「以君辟臣，辱也。且楚師老矣，何故退？」子犯曰：「師直為壯，曲為老。豈在久乎？微楚之惠不及此，退三舍辟之，所以報也。背惠食言，以亢其仇，我曲楚直。其眾素飽，不可謂老。我退而楚還，我將何求？若其不還， 君退臣犯，曲在彼矣。」退三舍。

節選釋義

晉國軍隊撤退。軍中將領說：「君主避讓下臣，這是奇恥大辱！再說楚軍士氣低下，我們為何要撤退呢？」子犯說：「理直就是氣壯，理屈就是氣衰。哪裏在乎在外時間的長久呢？如果沒有楚成王的恩惠，我們的國君就不可能有今天，我們退避三舍避開他們，也是為了報答他們當時的恩惠。背棄恩惠而拋棄諾言，理虧的是我們。我們避讓而楚軍撤回，我們還有什麼可要求的？但若是楚軍堅持不撤回，他們就理虧了，我們就可以追擊了。」於是晉軍退避三舍。

晉國與曹國之間隔着一個小小的衞國，晉文公向衞成公借道。

衞

晉文公大怒，只好繞遠路攻打曹國。

衞國當初就對我愛理不理，我遲早要給他們一點顏色看看！

* 犨：chōu，粵音酬。
靡：mǐ，粵音微。

不救宋國，
我良心上過
不去。

但為了宋國和
楚國開戰，齊
國和秦國一定
不答應，這可
怎麼辦呢？
先軫將軍，
你怎麼看？

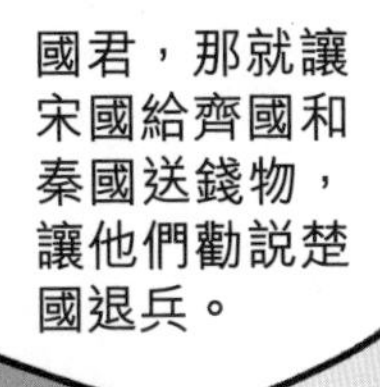
國君，那就讓
宋國給齊國和
秦國送錢物，
讓他們勸說楚
國退兵。

先
軫
幫個忙！
齊
秦

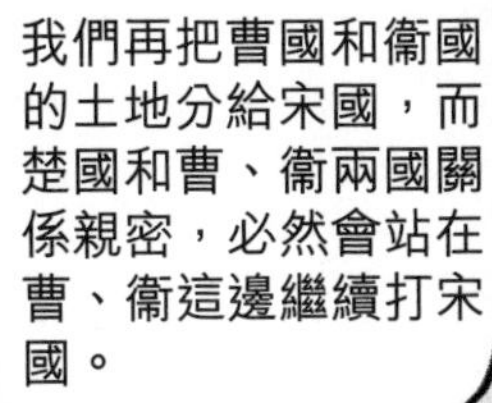
我們再把曹國和衞國
的土地分給宋國，而
楚國和曹、衞兩國關
係親密，必然會站在
曹、衞這邊繼續打宋
國。

你們怎麼站到
他那邊去了？
楚
曹
衞
宋

齊國和秦國得了
宋國的好處，就
一定會幫宋國，
從而對楚國宣
戰。
快放開他！
秦
齊
楚
宋
好啊，就
這麼辦！

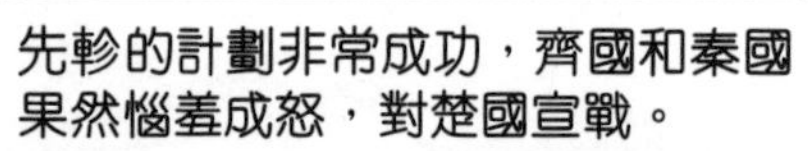

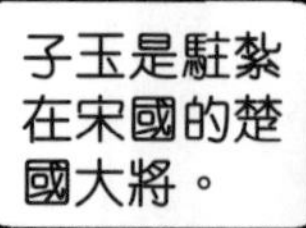

於是，子玉親自給晉文公下戰書。

我放了你們，
但你們回去以
後要和楚國斷
絕關係。
我們一定
聽您的！
曹
共
公
衛
成
公

晉國慫恿曹、
衛兩國和我們
斷交了。

子玉聽説後，
非常生氣。
豈有此理！發
兵攻打晉軍！

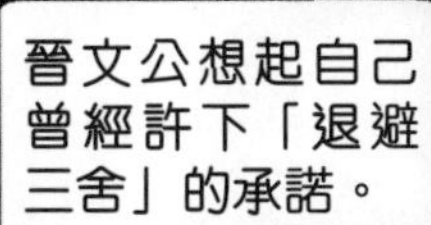
晉文公想起自己
曾經許下「退避
三舍」的承諾。
一旦晉楚兩國發
生戰爭，我將把
軍隊後撤三舍*
地。

全體撤退！

敵人不如我
們強大，我
們卻還要避
讓他們，太
恥辱了！

我們主動退後，
是為了報答以前
楚王的恩情。

哈哈，真是個
膽小鬼，居然
先撤退了。
子
玉
他們後撤
了，那咱
們也別打
了吧！

晉軍撤退後，子玉
依然不肯甘休。

怕什麼？我就要打！走，
去其他國家借兵！

*濮：pú，粵音瀑。
胥：xū，粵音須。

晉文公將俘獲的楚軍士
兵和搜刮的戰利品全部
獻給了周天子。

小晉啊，每次來
都帶這麼多東西，
太客氣了。
周天子
這點小禮
物，不成
敬意。

周天子以最高禮節對待晉文公，並封他做諸侯的領袖。

以後你就是
諸侯們的老
大啦！
在下擔當不
起呀……

在下德薄才疏，
不可……
收下吧！

天子一番美意，我只
好恭敬不如從命了。
你不要就
算……

晉文公恩威並施，贏得了春秋各諸侯國的支持。
他也成為繼齊桓公之後的下一位春秋霸主。

湯小團劇場

小知識

周天子與諸侯們的關係：西周、春秋時期實行「分封制」，天子將土地分給王室子弟、功臣或古代帝王的後人，所封之地被稱為「諸侯國」，諸侯國的君主被稱為「諸侯」。諸侯服從周天子的命令，並盡到鎮守邊疆、繳納貢賦等義務。諸侯可以將自己封疆內的土地和人民分封給卿大夫，卿大夫再分封給士，形成了等級森嚴的統治階級。

第十章　弦高犒師

故事摘要

機智的鄭國商人弦高為自己的國家化解了一場危機。

原文節選

及滑，鄭商人弦高將市於周，遇之。以乘韋先，牛十二犒師，曰：「寡君聞吾子將步師出於敝邑，敢犒從者，不腆敝邑，為從者之淹，居則具一日之積，行則備一夕之衞。」且使遽* 告於鄭。

節選釋義

秦國軍隊到達滑國，鄭國商人弦高準備去周國做生意，正好和秦國軍隊相遇。於是弦高用四張熟牛皮當禮物，用十二頭牛犒勞將士，說：「我們君主聽說你們要從我們國家經過，特意讓我來慰問。我們鄭國雖然不富裕，但只要你們居住一天，我們就提供一天的食物；只要你們繼續行進，我們便準備一晚的護衞。」同時，弦高又派人將這一情況報告給鄭國。

* 遽：jù，粵音具。

秦晉兩國為了各自的利益，要攻打鄭國。
出來啊！你不是很囂張嗎？
就是，有種跟我們打一仗！

鄭國老臣燭之武主動與秦穆公談判。
晉國國君不講信用，當年您掏心掏肺地對晉惠公好，結果他背叛了您好幾次！
燭之武
秦穆公
唉！

有晉國夾在鄭、秦之間，您要怎麼管理鄭國呢？
只會白白便宜了晉國呀！
嗯，讓我想想……

如果您同鄭國交好，以後您的使節經過鄭國時，鄭國願意為他們提供充足的物資。
不錯。

秦穆公被燭之武說動了心，於是和鄭國簽訂了盟約。
我不打你們了！這裏有三位秦國最好的將軍。
他們會幫你們抵禦晉國的。
太感謝您了。
鄭文公
從那以後，秦國大將杞子一直駐守在鄭國都城的北門。
你像個間諜，停下來讓我檢查！
鄭國的都城為什麼是秦國人把守？
鄭國把都城的北門交給我，不好好利用一下實在可惜了。
杞子

有我在，秦國不就能很輕鬆地拿下鄭國了嗎？

事不宜遲，杞子給秦穆公傳話。
杞子大人讓我們派軍隊來偷襲鄭國，他給我們開城門。
讓我考慮一下。
蹇叔，你覺得杞子的策略能行嗎？
蹇叔
調動大軍去襲擊遠方的國家，路上必定勞累不堪，不能打。
我讓他們養足氣力再出發！
沒這麼簡單！
派孟明視帶最好的將士出征。
萬萬不可！
秦軍出征前，蹇叔為他們送行。
交給我，放心吧！
孟明視
別去啊！
交給我，放心吧！不許哭啦！

蹇叔的兒子也在出征隊伍中，蹇叔非常不捨，流着淚目送隊伍離開。

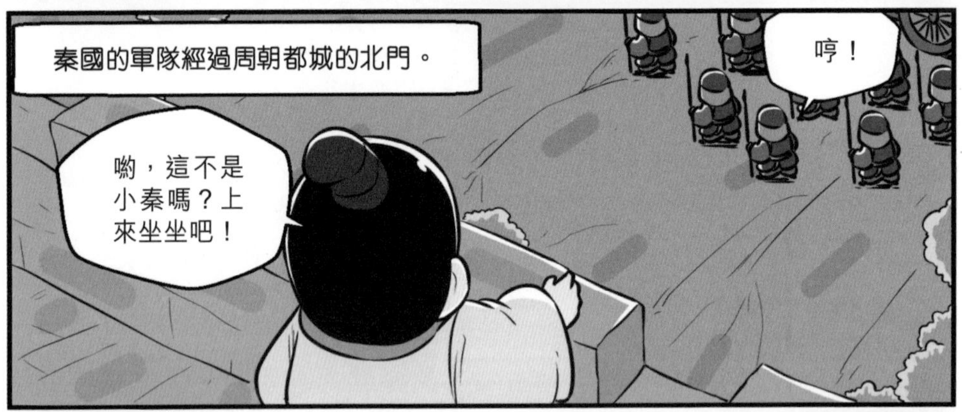
秦國的軍隊經過周朝都城的北門。
哼！
喲，這不是小秦嗎？上來坐坐吧！

秦軍輕狂放肆、不懂禮節，一看就沒什麼謀略，他們一定會失敗的。

周襄王

秦軍到達滑國，鄭國的商人弦高正好碰上了他們。
這不是秦軍嗎？
他們要做什麼？
弦高

得想個辦法打探下情況。
各位大人辛苦了，我送些牛來犒勞你們。

喲，你是誰呀？
我叫弦高，是鄭國人。

是鄭國人啊，哈哈哈！
秦國對鄭國有恩，我來向各位大人表示謝意。
來，一起喝酒！

你們要去
哪裏呀？
蒸……
蒸……

是鄭國嗎？

對啊……
Z Z
你們去鄭國
幹什麼呢？
打……
打……
打仗？打
鄭國？

弦高連忙派人去向鄭穆公報告情況。
有緊急情況，快
去通知國君！

鄭穆公派人去探視杞子等人的館舍。
鄭國探子
杞子的軍隊已經捆好了行裝，磨好了兵器，餵飽了馬匹。

看來秦國是要對
我們動武了。
鄭穆公

鄭穆公派皇武子登門辭謝。
各位在鄭國駐紮太久了，鄭國已經養不起你們了，還請你們回去吧。
先生有何貴幹？
杞子
糟糕，計劃被他們發現了。

不想回去嗎？
誰說的？我們這就走！
皇武子
駐紮在滑國的秦軍得知了這一消息。
鄭國下了逐客令，看樣子我們只能撤兵了。
將軍，我們還打嗎？
孟明視

秦軍非常不甘心，只好把惡氣撒在了小小的滑國身上。

滑國國君
我就是一個無辜的出氣筒……

鄭穆公要獎賞弦高的英勇行為，但弦高拒不接受。
我許你高官厚祿，如何？
我才學淺陋，不足以為官。

那黃金美人，你總該收下了吧？
效忠國家是臣民應盡的責任，我不能向國君要求報酬。

先生真是品德高尚呀！

在弦高的幫助下，鄭國避免了被秦國吞併的命運。

先生不多喝幾杯，我心裏實在過意不去啊。
放開我，我還要去做生意呢！

湯小團劇場

小知識

孟明視：姓百里，名視，字孟明，是秦國大臣百里奚的兒子。孟明視武藝高強，是秦穆公的主要將領。他在征討鄭國的途中上了牛販子弦高的當，未能攻打鄭國，只得滅了滑國回去交差。有人評價孟明視是戰國最有名的「常敗將軍」，他的一生只打贏過一次仗，卻讓秦穆公成為春秋霸主。

湯小團帶你學中國經典

漫畫左傳（上）

編　　者：谷清平
插　　圖：貓先生
腳　　本：程西金
責任編輯：張斐然
美術設計：黃觀山
出　　版：新雅文化事業有限公司
香港英皇道499號北角工業大廈18樓
電話：（852）2138 7998
傳真：（852）2597 4003
網址：http://www.sunya.com.hk
電郵：marketing@sunya.com.hk
發　　行：香港聯合書刊物流有限公司
香港荃灣德士古道220-248號荃灣工業中心16樓
電話：（852）2150 2100
傳真：（852）2407 3062
電郵：info@suplogistics.com.hk
印　　刷：中華商務彩色印刷有限公司
香港新界大埔汀麗路 36 號
版　　次：二〇二二年五月初版

ISBN：978-962-08-8011-7
Traditional Chinese Edition © 2022 Sun Ya Publications (HK) Ltd.
18/F, North Point Industrial Building, 499 King's Road, Hong Kong
Published in Hong Kong, China
Printed in China